文春文庫

オトことば。
乙武洋匡

文藝春秋

はじめに

「Twitter? なんだかよくわからないけど、面倒くさそうだなあ」

　そんな胸の内を隠しながら、おそるおそる初ツイートしたのが、2010 年 6 月。お、知人数人から反応が。お、フォロワーなる人が増えていく。お、返事が来るようになった──。そんなこんなで、もうすぐ 1 年半。みなさんと気軽にコミュニケーションが図れるこの Twitter というツール、いまやすっかり僕の生活の一部となっている。

　朝起きれば、「おはよう」。出かけると言えば、「行ってらっしゃい」。仕事が終わったとつぶやけば、「お疲れさま」。寝る前には、「おやすみなさい」──。毎日、全国各地から（いや、なかには海外からも！）届くあたたかな言葉や、思わずニヤリとしてしまうボケ＆ツッコミのやりとりは、まるで日本中、世界中に友達ができたかのような気持ちにさせてくれた。

　そんなやりとりから、思わぬ議論が巻き起こることもあった。障害や差別語について。教育について。僕の意見に疑問を持つ方が、異論をぶつけてくる。それに対して、僕がまた返信する。そうして多くの方からの意見が集まることで、み

なさんがこうしたテーマについて考えるきっかけとなること
もあったと思う。
　つぶやき始めてまもなく、フォロワーのみなさんから相談
が寄せられるようになった。
「どうしても元気が出ません。どうすればいいですか？」
「好きな人ができたんですが、やっぱり気持ちを伝えるべき
でしょうか？」
「生きる意味って、何でしょう？」
　おどろいた。こんなにも多くの人が、他人からのアドバイ
スを求めながら生きているなんて、思ってもみなかった。そ
して、それぞれに対する僕の回答は、ときに冷たく、突き放
しているように見えたかもしれない。でも、僕にはどうして
も疑問が残った。
「他人から与えられた答えで生きていくこと、それを人生と
呼べるのだろうか」
　小学校の教員を3年間務めた。とても素直で、かわいら
しい子どもたち。でも、自分の頭で考え、自分なりの答えを
出すということが苦手だった。教師から与えられた答えを、
唯一の"正解"と信じきって行動する子どもたち。だから、

僕は質問を受けると、いつもこう返していた。

「自分で考えてごらん」

　このTwitterでも、基本的には同じスタンスで臨んでいる。もちろん、生きていれば迷いが生じることもある。悩むことだってある。どちらに向かって歩んでいったらいいのか、目的地を見失ってしまうことだってあるだろう。それでも、最後は自分なりに答えを見つけ、自分の力で歩んでいかなければならない。

　それなのに、僕がみなさんの手をとって、「こっちですよ」などと道を示すことは、おこがましくてとてもできない。でも、せっかく僕を頼って相談してくださったのだ。ならば、あくまで「僕なりの」回答をさせていただこう──。

　そんなみなさんとのやりとりをもとに完成した『オトことば。』。この先、みなさんが豊かな人生を歩んでいく上で、何らかのヒントになるものであればいいな。

2011年　仲秋

乙武 洋匡

目次

はじめに……… 003

① **ぼくのこと**……… 010

② **オトタケ人生相談**……… 058

③ **震災のこと**……… 094

④ 教育 ……… 118

⑤ 家族のこと ……… 165

⑥ 障害、差別、自虐? ……… 200

⑦ おわりに ……… 250

巻末エッセイ
おとたけ先生へ 春名風花 ……… 258

※本書は著者が 2010 年 6 月からインターネット
上のコミュニケーションサービス「Twitter」で
呟いたツイート（つぶやき）と、著者に向けて
発せられたさまざまなツイート、メッセージをもと
に再構成したものです。掲載したツイート、メッ
セージについては匿名とし、事前に許可を得た
ものを掲載していますが、一部休眠／削除アカ
ウントの発言については、表現を変えた上で掲
載したものもございます。また、一部差別語と
される言葉遣いもございますが、著者の意図を
汲んでそのまま掲載いたしました。

※単行本　2011 年 11 月　文藝春秋刊

※文庫化にあたり、再度ご連絡をとるべく努力い
たしましたが、一部の方には残念ながら辿りつ
けませんでした。お気づきの方は編集部にお申
し出下さい。

カバー絵・挿絵……曽根愛
デザイン…………関口信介＋加藤愛子（オフィスキントン）

オトことば。

① ぼくのこと

乙武さん尋ねていいですか？ 小さいころなど、自暴自棄になったりしなかったんですか？ なんで僕なんだ、手足をくれみたいな、そんな思いはなかったんですか？

▶▶▶

▶ ないですよ！
だって、毎日
楽しかったんだもん。

私は五体満足で育った普通の人間
ですが、乙武さんは自分が身体的
ハンディを背負って生まれてきた事　▶▶▶
に対して親に迷惑をかけた、申し
訳ないという考えはありましたか？

じゃあ、人にお世話にならないと何
も自分でできないことに関して思う　▶▶▶
ことはありますか？

► それはなかったなあ。こんな性格で
申し訳ないと思うことは何度もあっ
たけど（笑）

► 「おたがいさま」の精神。
僕は僕にできることで、まわりに恩
返ししていけばいい。

生きることに悩んだことは ▶▶▶
ありますか？？

乙武さんは死にたくなること ▶▶▶
ありますか？

▶ 昔からやりたいことが多すぎて、あんまり悩んでるゆとりがなかったなあ。

▶ 一度もないですよ♪

小さい頃、よその親御さんが自分の子どもを叱るとき、「ほら、言うことをきかないと、あんなふうになっちゃうよ」と、僕を横目に見ながら言っていたのを思い出した。悲しいとか、悔しいとか、そんなんじゃなくて、ただ親に「ごめん」って思った。

My Birthday!! 35歳になった瞬間、携帯が鳴った。[メール受信中]―― もう、誰だよ。こんなキュンキュンするようなことするやつは（照）。胸ときめかせ、ボタンを押す。「セレブな奥様が、貴方を待っています」って、迷惑メールwww

私も21のときに注意欠陥障害と診断されてます。24の社会人になった今でも「落ち着きのない」「変な奴」と言われます。乙武さんは「普通になりたい」って思ったりしますか？

▶▶▶

① ぼくのこと

思いません！
► そもそも「普通」がなんなのか、
よくわからない。

乙武さんは18歳のころ、
どんな感じでしたか？　　　　　　　　▶▶▶

乙武さんが20歳のころは
何をされてました？　　　　　　　　　▶▶▶

▶ 恋に狂っていました（笑）

▶ 自分を知ることと遊ぶことに
必死だった。

早稲田に行ってよかったと
思いますか??   ▶▶▶

乙武さんは自分のこと、
頭いいって思ってたり？   ▶▶▶

乙武さんは頭のかたい、やわらか
いの違いってなんやと思いますか？
そして、やわらかくするためにはど ▶▶▶
うすればいいと思いますか？

▶ 現在地を肯定できていれば、過去に通ってきたすべての道を肯定できると思う。

▶ 回転は速い方だと思います。でも、博学ではない。勉強を怠ってきたということですね（^o^;)

▶ せまい世界に閉じこもっていないで、様々な場所へ出かけ、様々な人と出会い、様々な価値観に触れること、かな。

『五体不満足 完全版』を読みました。もし過去に戻れるとしたら、今でも出版には躊躇しますか？　▶▶▶

乙武さんが有名人として今のような人生を歩んでいるのは障害があったからだと思います。そのことについて、どう考えていますか？　▶▶▶

出版から3年くらいはそんなふうに
思っていたけどね。
▶ いまは前向きに捉えられるようにな
りました。だって、あの本がいろい
ろな出会いを運んできてくれたから。

障害のおかげで、「こういう体の自
▶ 分にしかできないことをしていこう」
と気づくことができたので、感謝し
ています。

乙武さんは『五体不満足』を上梓
された後から障害者の広告塔・代
表者となる道を選ばれたと思います ▶▶▶
が、その中で辛かったことや楽し
かったことは何ですか？

テレビに出ることで、何を視聴者に
伝えたいと思っていますか？ ▶▶▶

▶ 障害者の広告塔・代表者となる道を選んだことは一度もないよ。むしろ、そうなることを避けてきたつもり。

▶ 「みんなちがって、みんないい」というメッセージです。

シドニーに五輪の取材で行った時、現地在住の日本人カメラマンに、「オマエなんか、視聴率稼ぎに使われてるだけなのがわからないのか？」と言われたことがありました。でもね、その方には感謝しているんです。負けん気の強い僕は、その言葉によって「絶対にライターとしていい記事を書いて、見返してやる」と、闘志を燃やすことができましたから！

> 『だいじょうぶ3組』
> 2010年9月刊行。3年間の教師経験を
> もとに書かれた乙武さん初の小説。

あ、Amazonの『だいじょうぶ3組』
レビューが5件に増えてる！
うれしい
o(^▽^o)（o^▽^)o

- 私も『だいじょうぶだぁ3組』買いますね（ ̄▽ ̄）

- 私はちゃんと買いますよ。『だいじょうぶヤンクミ』

- ええっと…『抽選で3組さま』でしたっけ？

- これだけ好評だと、買わないとですね！『大情婦！ 3組』

► そ、それは志村けん…（T_T）

► それはジャージ着て、メガネかけた
……あれ、かぶってる？

► やったぁ、お母さん、当たったよ
ヽ(´▽｀)/……ってオイ!!

► フランス書院から、絶賛発売中
（´ε｀）

「フランス書院」とつぶやいた
直後から、フォロワーが激減
しはじめた件（^o^;

乙武さんタイプです。▶▶▶

► わーい＼(´▽｀)/ ………

▶ 乙武さんタイツです。　　　　▶▶▶

▶

▶ 乙武さんダイブです。　　　　▶▶▶

▶ 乙武さん、債務です……。　　▶▶▶

▶ わーい (´▽`)/ ……って、誰が銀行強盗やねんっ!!

▶ わーい (´▽`)/ ……って、誰が道頓堀やねんっ!!

▶ わーい (´▽`)/ ……って、誰が借金まみれやねんっ!!

▶ 乙武さんワイフです。　　▶▶▶

▶ 乙武さんタイホです。　　▶▶▶

▶ 乙武さん、タイコです！　▶▶▶

① ぼくのこと

▶ わーいヽ(´▽｀)/ ……って、俺
はハズバンド！

▶ わーいヽ(´▽｀)/ ……って、俺
に手錠はかけられないけどな
(￣ー＋￣) ニヤリ

▶ わーいヽ(´▽｀)/ ……って、誰が
タラちゃんのママやねん!!

↓

ああ、タラちゃんとイクラちゃんを
間違えた |||(-_-；)||||| もう寝ます…。

親しみを込めて
「乙さん」と呼ん
で宜しいでしょう
か？

▶ もちろんです！

読み方は
「おっさん」
ですか？

① ぼくのこと

► 友人からは、「**オッサン**」もしくは「**エロメガネ**」と呼ばれています（笑）

僕に乙武流の女の口説き方を教えて下さい！　▶▶▶

関係ありませんが、乙武さんはエロイ事考えたりするんですか？　▶▶▶

▶　（ ̄ー＋ ̄）ニヤリ

乙武さんは、なんだか太陽みたい。いつも明るくて、いつも元気で。どうしたらそんなふうになれるのでしょうか。僕、いつもネガティブになってしまうんです(;_;)

ネガティブだって、いいじゃない！
ノムさんも、「俺は後ろ向きの性格
だから、ここまでやってこれた」と。
ちなみに僕は、元気で、明るくて、
太陽みたいな人が、あまり得意で
はありません。

僕みたいに、コンクリートブロックの裏に居そうな、ジメジメした人間はどうですか
(´△`)

むしろ好きだよ！ ほかからの光によって輝く、月のような存在の方に強く惹かれます。

「暗い子」って、言葉が悪いよ。正確に言うならば、「自分を表現するのが苦手な子」だと思うんだ。でも、そこをすくいとってあげるのが、まわりにいる大人の役目。きっと、それを面倒くさいと思う人間が「明るい子バンザイ」と言うのだと思う。

でもね、教室に貼られてる教育目標には、堂々と「明るい子」とか書かれてるんですよ。公教育が、そんな価値観の押しつけしていいのかって本気で思う。いいじゃん、暗い子。俺は好きだよ！

結局、乙武さんはエロいってことでいいんですか？ ▶▶▶

▶　　（￣＾￣）エッヘン

好きな言葉を2つ教えてください！　　▶▶▶

ゲイに理解はありますか？　　　　　▶▶▶

乙武さん、私がTVなどのマスメ
ディアで受けるあなたのイメージが
崩れていきそうです。ただ、それ　▶▶▶
があなたの、相互理解と言う名の
ツイッターにおける目的なのですね。

▶ 「ありがとう」と、「乙武さん、イケメンですね」（嘘）

▶ 僕自身は女の子が大好きですが（笑）、同性しか愛せない人がいても何ら違和感はありません。みんなちがって、みんないい！

▶ メディアで伝えられる"乙武洋匡"像はあまりに一面的で、息苦しさを覚えるくらいでしたから（^o^;

最近は、週イチで新宿ゴールデン街にいる。

いいか、オレ、じつは手足ないん
だ。これ、オフレコだぞ。RT したら、
そのユーザー「終わり」だからな
（￣ー＋￣）ニヤリ

「オフレコだぞ」「『終わり』だからな」……東日本
大震災後の 2011年 7月、松本龍復興担当相（当
時）が宮城県知事を叱責した件について、マスコ
ミに「今のはオフレコです。書いたらその社は終りだ
から」とクギを刺した。この発言が報じられて問題
となり、大臣は辞任に追い込まれた。

RT……リツイートの略。ツイッターで、ある人のツ
イートを引用する形で再発信すること。その意見を
世に広めたいときに行われることが多い。

大変です。
『五体不満足』という本で既に暴露されてますよ！

① ぼくのこと

► なんだと…
（ ̄□ ̄;）!!

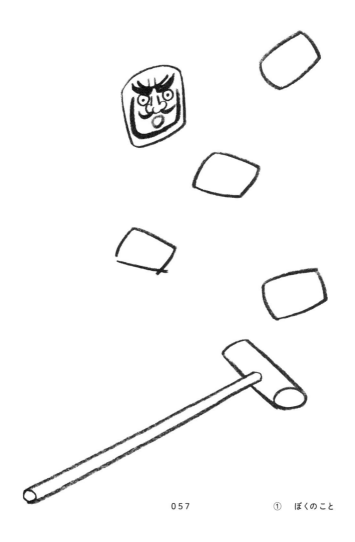

① ぼくのこと

② オトタケ人生相談

初対面の人に会う時、
心がまえみたいなもの　　　▶▶▶
はありますか？

▶ 自分を隠さないこと。

私結構人見知りする方なんですが、
どうすれば人見知りって無くなると ►►►
思いますか？

わかってもらいたい人にわかっても
らえない時って寂しさが押し寄せて ►►►
きます。こんな時はどうしたらいい
のでしょうか。

▶ 人とじっくり時間をかけて理解しあっていくことも、決して悪いことではないように思います！

▶ まずは、自分が相手のことをわかってあげられているのかを見つめ直します。

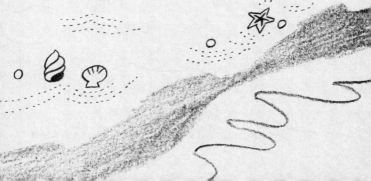

元気が出ないときはどうしてます
か？　　　　　　　　　　　　▶▶▶

乙武さんは、落ち込んだときはどう
気持ちをあげていきますか？　教え　▶▶▶
てください。

自分に負けそうなときは
どうしてますか？　　　　　　▶▶▶

▶ 元気を出さずに過ごします。

▶ 無理しない。素直に落ち込んどく。

▶ 負けっぱなし(笑)!

イライラするときはどうしますか？　▶▶▶

涙が出るほど悔しいときはどうしま
すか？　▶▶▶

▶ 寝る!

▶ 泣いたらいいよ。思いきり。

世界から争いがなくなるためには、
どんなことが必要だと思いますか？　▶▶▶

自分の行動が自分の言葉とは対極
にあると気づいたとき、乙武さんは
行動を変えますか？　言葉を変え　▶▶▶
ますか？

自分のできることはどうやって見つ　▶▶▶
けるのですか？

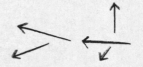

▶ 目の前にいる相手は、自分とは立場・信条・言語・文化・宗教など、あらゆる面において違うのだと受け入れること。

▶ その矛盾こそが人間かなあと受け止める。

▶ # トライ & エラー。
そして、またトライ！

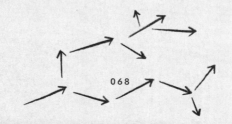

大学受験、落ちちゃいました。自分
としては、精一杯頑張ったんですけ
ど……。でも、頑張ったことは残っ　▶▶▶
た、と思うんです。これを自信にし
ても、いいですよね？

► もちろん！ そして、長い目で見た
とき、「ああ、あのとき不合格でよ
かった」と思える日がきっと来るは
ず（＊ ˆ-ˆ）b

▶ じゃあ、あんまり頑張ってなくて落
ちちゃったら？　　　　　　▶▶▶

▶ じゃあ、あんまり頑張らなくて合格
しちゃったら？　　　　　　▶▶▶

071　　②　オトタケ人生相談

▶ 来年、死ぬ気で頑張れ（笑）

▶ 死ぬ気で頑張れることを見つけて（笑）

大学を中退しちゃいました。やりな ▶▶▶
おせるでしょうか？

仮面浪人ですよ〜なんだか先が見
えなくてこわい……。応援メッセー ▶▶▶
ジプリーズ……。

▶ 「やりなおす」ことはできないかも。でも、すべての過去、経験を生かして前に進んでいくことはいくらでもできる！

▶ 先を見たからこそ、仮面浪人を選んだはず。意志を強く持たないと！

一浪で乙武さんの母校の早稲田大学を目指している受験生なんですが最近やる気が出ないんです。あとちょっとなのに。どうすればいいでしょうか？

▶▶▶

なんだか冷たくないですか、
乙武さん!!!

► **それほど行きたい大
学じゃないんだよ。**

受験勉強、
しんどいっす……。

ここでそんな甘いこと言ってる場合じゃないですよね。どう考えてもやっぱり行きたいのはこの学校です。
1年間が無駄じゃなかったと感じれるよう死ぬ気でがんばります。

ほら、本人は気づいてくれた！ 頑張れよ (*^-^*) b

▼

正直、応援を期待している自分がいました。ここまできたらやるしかない。ほんとうにありがとうございました。もうTwitterも開かないようにします！

▼
▼
▼

1ヶ月後に吉報を待ってるよ (^^) v

▼

1ヶ月後
前に大学受験について相談したものです。覚えてないですよね？ この前発表があって第一志望の早稲田大学に合格しました！ その節はありがとうございました！

覚えてるよ！ 僕が「本気で行きたいんじゃないのでは？」と答えた君だよね？ おめでとう！ かっこいい！

覚えててくれましたか！ あの時は本当にありがとうございました！ これからがスタートだと思って精進します。

厳しいことを言うときには、
責任が伴うもの。だから、
► ずっと気になってたんだ。
本当におめでとう！

乙武さんは就職氷河期と言われている今に就活をしているとしたら、まず何をしますか？ 教えて下さい！

► 海外一人旅。就
活が本格化する
前にね。

乙武さん！ 私、いま進路について両親と意見が合いません。やっぱり親の意見を聞くべきでしょうか？ ▶▶▶

▶ 誰の人生？

ハンディを気にして結婚に踏み切れない人に ▶▶▶ 一言ください。

べつに結婚しなくても
幸せな人生は送れるよ。

▼

この人は、乙武さんに背中を押して
ほしかったのでは？

▼
▼

相手が欲しい答を与えるのがツイッ
ターじゃないと思う。見ず知らずの
方の人生に責任持てません。

仕事って必ずしもやりたいことができるわけではないこのご時世。「興味ないから」と仕事から逃げる同僚にいい喝はないでしょうか？

▶ ▶ ▶

▶ 仕事って、1つの「やりたい
こと」にたどり着くには、9
つの「やりたくないこと」を
こなさなければならないと
思ってる。

突然ですが、死にたいと言って出ていく息子に母親としてなんと言ってあげればいいのでしょう……。　▶▶▶

► 全身全霊で、愛を伝えてあげてください。息子さんが生まれてきたときに、どんなにうれしかったかを。

生きるってどういうこと
でしょうか？ ▶▶▶

▶ この先、他人から得た
答えで生きていくの？

「おやすみ」

わ、返信がたくさん！ こんな時間まで起きてる人、いっぱいいるんだね。勉強かな？ お仕事かな？ 夜更かしかな？ 早起きかな？ いろんな人がいて、いろんな人生がある。それぞれの人生を、そっと応援しています。今度こそ、おやすみなさい。

「オレ、がんばった！」

「また明日。」

「ね、ねむひ……。」

② オトタケ人生相談

③

震災のこと

2011年
3月11日

13:08:47
さて、これからバンド練習。
行ってきます！

15:13:43

すごい地震。みんな、ぶじ？　僕
はなんとか。スタジオで、バンド練
習中だったんだけど、みんなが必
死に車いすを押さえてくれたよ。あ、
また余震。怖い（>_<）

15:49:37
スタジオはビルの5階。エレベーターが止まってるため、下に降りれず困っていたんだけど、スタジオのスタッフの方とメンバーのみんなで100kgある電動車いすを運んでくれたおかげで、やっと屋外に逃げてこれたよ。みんなも余震や津波に気をつけて (>_<)

17:54:54
ようやく家族の無事が確認できた。妻からのメール。「本当に怖かった。けど、子どもの手前は毅然としないと、という一念で踏ん張ったよ」涙。

19:16:48
JR東日本は、管内すべての新幹線、また首都圏・東北エリア全線の運休を発表したようです。駅に向かっている方、職場や学校、または近くの避難場所に向かうことをオススメします。都バスは運行しているようですが、大渋滞のためほとんど動かず。

19:38:54
ふたたび、緊急地震速報。福島沖で地震だそうです。また強い揺れが来る可能性が。ガスの復旧、本日はやめておいたほうがよさそう (>_<)

19:59:37
311/1957：このようにツイート日時をつぶやくことで、情報の受け手が正しい判断ができる。状況は刻々と変化しているため、古い情報で混乱させないことが重要。

20:44:48
311/2042［東京電力HPより］設備が大きな被害を受けたため、今後の電気の供給力が不足する恐れがあります。不要な照明や電気機器のご使用を控えていただくなど、節電へのご協力をお願いいたします。なお、切れた電線などには絶対に触らないようにしてください。──みなさん、節電を！

22:03:08
［お知らせ］明日予定されていた千葉県・市原市市民会館での乙武洋匡講演会は、会館の安全性が確認できないため、取り止めとなりました。現地では、石油タンクが炎上するなど、災害が続いています。無事に消火されることと、近隣住民のみなさんの安全をお祈りしています。

22:32:24
311/2223 地下鉄の運転再開区間に関する最新情報です。［東京メトロ］有楽町線＝池袋〜新木場、半蔵門線＝九段下〜押上、南北線＝白金高輪〜埼玉高速線内　［都営地下鉄］大江戸線＝全線、浅草線＝西馬込〜浅草橋、三田線＝三田〜西高島平、新宿線＝新宿〜本八幡

23:05:40
［車中泊をされる方］（1）車両は交通の障害にならず津波の心配の無い安全な場所に（2）いわゆる「エコノミークラス症候群」防止のため、水分を充分摂り数時間おきに足を動かす運動を（3）就寝中誤ってアクセルを踏んで過熱や急発進のおそれがあるため、なるべくエンジンは止めてください。

23:56:30
311/2336［日経新聞］都営地下鉄、都営バスはいずれも終電を延長し、12日未明まで運行を継続する。

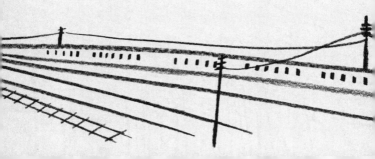

2011年
3月12日

00:30:52
［防寒］1. 体の周りに空気の層を作る（服と服の間に新聞紙を入れる、セーターなど空気を含みやすい服の上からビニールシートやゴミ袋をはおるなど）。2. タオルなどで耳や頭や顔などを覆い、皮膚を露出しない。3. 首・背中を重点的に温める。

02:06:09
自分と家族・友人の安全が確保できた方。思いを、少しだけ広げてみてください。自分には、何ができるだろうか。都心部の方は、まずは節電を。被災地のみなさん、希望を捨てないで。明けない夜など、絶対にないんだから！

04:16:22
今度は、長野か…。いったい、どうなっちゃってるんだ。もう、やめてくれ。

12:54:56
国連のコメント「日本は今まで世界中に援助をしてきた援助大国だ。今回は国連が全力で日本を援助する」──世界中がエールを送ってくれている。世界中が、僕ら一人ひとりの命を大切に思ってくれている。僕らは僕らで、頑張ろう。いま、自分にできることを。

15:17:40
震災から24時間。じつは、僕はまだ帰宅できていません。自宅マンションのエレベーターが停止、スタッフと事務所で過ごしています。高齢者、障害者、外国人、子ども、妊婦──弱い立場にいる人々は、さらなる苦痛を強いられている可能性があります。ぜひ、いたわりの気持ちを。僕からの、切なる願い。

17:49:14
RT @NHK_PR: まだ国からの発表はありませんが、福島第一原発で重大な事故が発生した可能性があります。10キロ圏内にいらっしゃる方は速やかに10キロ圏外に避難して下さい。また念のため、福島第一原発の周辺10キロ圏外にいらっしゃる方も、速やかに屋内に避難して下さい。屋外では濡れタオルを口に当てて下さい

20:04:26
自宅エレベーター復旧に伴い、ようやく家族のもとに帰ることができました。私的なツイートで恐縮ですが、僕の家族の安否も気遣っていただいており、ここに報告させていただきます。今後は家族の安全を図るとともに、少しでもみなさんにとって有益な情報をツイートできるよう努めていきたいと思います。

23:21:34
マスメディアも、個人メディアも、「何を伝えるか」を考える際に、「何のために伝えるか」を考えてほしい。被災地の方々を救い、勇気づけることを目的とするなら、ただ惨状だけを伝えるのではなく、ホッとしたり、ひと息つける内容もあっていい。僕は、それを不謹慎だとは思わない。

2011年 3月13日

14:49:10
阪神大震災で被災した当事者の一言。「助けに来てくれて一番ありがたいと思ったのは、自衛隊の人たち。 一番迷惑で邪魔だったのは、自称ボランティアの人たち。こちらが必要とする事はできず、逆に残り少ない食品や飲料水をコンビニで消費していく始末」

17:17:29
先ほどのツイート、誤解を招く書き方だったら、ごめんなさい。ボランティア自体を否定するものではありません。準備と覚悟を持たずして現地入りすることが、かえって被災者の方々にとって負担となってしまうことをお伝えしたかったのです。気分を害された方がいたら、お詫びします。

100

18:59:05
仙台市に住む友人からメール。「家はまだだけど、会社にはようやく電気と水道がきました。ほんとに感動した〜。夜はつらかったから」少しずつ。一歩ずつ。

21:50:43
明日から、街が動き出す。経済活動も、本格的に始まる。そこには、きっと「不謹慎だ」「自粛すべき」という声も出るだろう。でも、被災地を救う元気と活力は、街が動き出さないことには生まれてこない。働こう。学ぼう。それが自由にできない人々のことを想い、いつも以上に頑張ろう。

2011年
3月14日

08:17:38
おはようございます。本日から、2泊3日の京都出張。今後も大規模な余震が起こりうるという報道もあるなかで、家族と離れ、ひとり関西へと向かうのは、心引き裂かれる思い。でも…行ってきます。一人ひとりが、できることを！

12:30:18
京都駅から近鉄線に乗り換えて、奈良へ。13時から講演会です。関西は、まるで別世界。街行く人が、おだやかな顔で笑っています。ホッとするような、ちょっぴりさみしいような。当たり前のことなんだけどね。幸せって、何か。そんなことを、深く、深く考えさせられています。

23:24:58
今日は、関西で一日を過ごしました。家族と離れてしまった不安はあるものの、緊迫した空気から解放され、心がひと息つくのを感じた自分もいました。西日本のみなさんには、罪悪感や無力感を感じることなく、笑顔で日々を送ってほしい。西日本から、元気を送ってほしい。みなさんの笑顔に救われたから。

101　　　③　震災のこと

震災後、被災した友人に電話する機会があって「生きててよかった」と涙ながらに、そして心からそう思ったので伝えました。でも彼は「で ▶▶▶ も何で俺だったのかな」と。友人は息子さんを亡くしていて…私は何と答えたら良かったんでしょう？

▶　「正解」なんて、ないと思う。

今回の震災の前と後とで、
日本人の価値観はどのよう
に変わった or 変わるとお考
えですか？

まず、「日本人」とひとくく
りに考えることは危険な気が
するな。「一人ひとり」が自
分の価値観や優先順位を見
つめ直し、整理する契機に
はなると思うけれど。

プロフィール、更新しました (^O^)／

名前）乙武 洋匡　現在地）東京都
自己紹介　大震災によって、多くの方がつらい思いをしています。被災地以外の方々だって、これまでと変わらぬ生活を送ることに戸惑いや罪悪感を感じたり…。何が正解かは、わからない。それでも、僕なりに、みなさんの心がくつろげたり、前向きになれるようなメッセージを発信していきたいと思います。

③　震災のこと

2011年
3月18日

友人たちとは、「落ち着いたら、飲みに行こうね！」とメールしあってるけど、いったい何をもって「落ち着いた」と判断すればいいのか…。しばらくこの状況は変わりそうにないし、「もう、いいんじゃない？」って気もするけど。

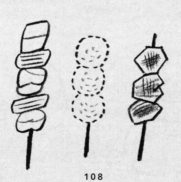

僕は飲みに行ける気分じゃ
ありません。

被災地はまだまだ
大変なんですよ。

自分だけ落ち着けばいい
わけじゃないと思う。

乙武さん、不謹慎すぎます。

③　震災のこと

でた、不謹慎厨！

「不謹慎」と口にする人のほとんどが、被災地以外の方。むしろ、被災地の方々からは、「私たちのぶんまで飲んで、食べて、経済を回してほしい」との返信多数。東北の酒を飲むとか、酒代に千円足して、それを募金に充てるとか。「不謹慎」と家にこもるより、僕らにできることを！『五体不謹慎』著者より

「厨」……ネット内で使われる俗語（スラング）の一つ。「○○厨」と接尾語的に使うことで、ある特定の考えに固執する人たちのことを指す。

落語会
2011年4月13日

　今日は、ひさびさの落語会。サンドウィッチマンと人気落語家さんたちによる「東日本大震災チャリティ落語会—落語の力—」＠渋谷C.C.レモンホール。出演者は、無償で出演し、収益はすべて寄付されるとのこと。昼夜2回公演みたいだけど、僕は夜公演に出かけていく予定です！

　芸人さん達の精神力には、本当に頭が下がる。いまよりも「自粛」「不謹慎」が叫ばれていた3月末の落語会。「笑い」なんて、不謹慎の極み。それでも高座に上がった噺家さん達からは決意のようなものが感じられた。「自分たちにはこれしかない。この話芸で、お客様の心をほぐすしかない」と。

　大きめの余震が続き、気分が沈みがちだった昨日、好きなアーティストの曲をかけた。驚くほど、元気が出た。やはり月末に行った芝居からもパワーをもらった。今日の落語会

も、きっと元気をもらうだろう。現地でのボランティアやライブ収益を寄付することは素晴らしい。でも、それだけが支援じゃない。

少なくとも、余震や放射能の影響におびえる生活が続く"プチ被災者"である東京人としては、そうした文化・芸術に力をもらい、救われている。だから、「自分は無力なんじゃないか」と歩みを止めてしまっている人がいれば、ふたたび歩きだしてほしい。まず、一歩を踏み出してほしい。

文化・芸術だけじゃないよ。どんな仕事だってそう。どこかで社会の役に立っている。直接的に役に立っているようには思えないかもしれない。でも、きっと、回り回って、誰かを助けている。誰かの役に立っている。地震も、原発も怖い。でも、僕は無力感から歩みを止めてしまうことが、いちばん怖いよ。

夕食まで、しばしの読書タイム。

▼

何を読んでるんですか？

▼

最近は、発達障害の本を読んで、勉強しています！

今は原発が問題なんだよ。

え、じゃあ、いまは日本全国、原発に関する本しか読んじゃいけないの（笑）？

被災民が漫画読んでますがなにか？

不謹慎 www

また、会いましょう
2011年7月25日

　東日本大震災から、4ヶ月半が経ちました。震災直後、僕は被災地に駆けつけ、炊き出しや瓦礫撤去といったボランティアができないことにもどかしさを感じていました。こんな僕が行っても、むしろ迷惑をかけるだけだろう、と。

　けれど、震災から1ヶ月ほどが経ち、食糧や生活に必要最低限の物資が届きはじめたという報道を見て、僕のなかで少しずつ心境に変化が起こりはじめました。

　次に重要なのは、被災地の方々が、「もう一度、希望を捨てずに生きていこう」と前向きな気持ちを取り戻していくことではないか。そして、そのためのお手伝いなら、僕にも何かお役に立てることがあるのではないだろうか、と。

　そんな気持ちから、5月上旬、僕は被災地へと向かいました。破壊された街並み。大切

な人を失った悲しみ。訪れた地では、想像以上に胸を締めつけられる場面が多くありました。

　でも、それと同時に、希望を失うことなく、前を向いて歩み出した勇敢な人々と出会うこともできました。彼らは、本当に輝いていた。だから、僕は新刊のタイトルを『希望　僕が被災地で考えたこと』としました。

　そして、僕がいちばん頭を悩ませたのは、そうした被災地の人々と別れるとき、どんな言葉をかけたらよいのだろうか、ということでした。難しいことだとわかっていながらも、相手の立場を慮ってみる。それでも、なかなか答えの出るものではありません。

「頑張ってください」「頑張りましょう」「元気を出してください」――どれも、僕のなかでは、しっくり来るものではありませんでした。

　結局、僕が選んだのは、「また、会いま

しょう」という言葉でした。苦しい状況のなか、少しでも未来を感じられる言葉にしたかったから。未来に光を感じてほしかったから。「また、会いましょう」と。

　東京に戻ってきた僕は、「あの言葉を口約束にだけはしたくない」と、ずっと思っていました。そして、その約束を果たす日がやってきました。

　今日から、また被災地へ行ってきます。

　今回は3日間しか確保できなかったので、訪れる場所も限られてしまうと思うけど、僕なりの、僕だからこそできることを意識しながら、3日間を過ごしてきたいと思います。

　また、ご報告させてください。僕が感じたことを。

④

教育

乙武さんって教師されてましたよね？　学科は何を教え ▶▶▶ てたんですか？

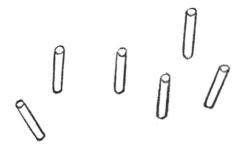

④　教育

▶ 小学校教員なので、原則として全教科です。ただ、音楽と図工は専科の先生が教えてくださっていました！

道徳の授業が得意そうなイ
メージです。　▶▶▶

121　　　④　教育

▶ 教えてる人間は、
　不道徳だけどな
　(￣ー+￣)ニヤリ

「すずめの学校とめだかの学校」、
乙武さんはどちら派？　　　　　　▶▶▶

どうして先生辞めちゃったんですか
（>_<)?　　やっぱ教師って大変な仕　▶▶▶
事なのかな…

今は保育園をやってるって
本当ですか？　　　　　　　　　　▶▶▶

123　　　　　④　教育

► めだか派！「すずめの学校の先生はムチを振り振りチイパッパ」「めだかの学校のめだかたち だれが生徒か先生か」──前者は軍国主義、後者は民主主義の歌かと。

► はじめから3年契約という任期付きでの採用だったんです！

► はい、2011年の4月から東京・練馬区の「まちの保育園」経営に関わっています！

子どもたちのためにできること
2011年9月4日

　今日は、町内のお祭り。正午過ぎに山車と子ども神輿が出発するというので、3歳になる長男とワクワクしながら集合場所へと向かった。主にお世話をしてくださったのは、"おじいちゃん世代"。60〜70代くらいの男性陣が声を張り上げ、笑顔をふりまいていた。そう、汗だくになりながら。

　山車＆子ども神輿が2時間ほど練り歩く途中、4回ほど休憩する。そのたびに、ジュースやアイスキャンディーが配られる。そこでの担当は、"おばあちゃん世代"。あったかい笑顔で、「よく頑張ってるね」「もうちょっとだからね」と声をかけてくださる。子どもたちも、うれしそうに受け取っていた。

　主力を担う年配層の横で、見よう見まねで動いているのが、たぶん僕と同世代。動き方

がわからず、「そうじゃねえよ」なんてアゴで指示されながらも、子どもたちのために奔走してた。汗が光ってた。世代を超えて、「子どもの笑顔のために」「いい思い出をつくってくれたら」——いい時間だったなあ。

10年前のカシマスタジアム。敗戦後はふてくされて、サポーターへの挨拶がおざなりになってしまう若手選手もいるなか、秋田豊選手らベテラン勢は、負けてもサポーター席の前で深々とお辞儀を繰り返していた。その姿に感銘を受けた僕は、秋田選手にそのお辞儀に込められた意味を訊いたことがある。

秋田豊氏「このまちに住んで、このまちで子どもを育てていたら、いろいろな方にお世話になる。学校の先生方。習いごとの先生方。近所の方々。鹿嶋なんて小さなまちだからさ、

それがまち全体への感謝の想いにつながってくる。試合後のお辞儀っていうのには、そういう意味も含まれているんだよ」

秋田さんの言葉。今日、すごく実感した。これまでお話ししたこともなかったまちの人々が、長男にあたたかい笑顔を向け、あたたかい言葉をかけてくださる。心から、「ありがたいな」と思った。まちの温度を感じ、まちへの感謝が生まれてきた。そして、僕もまたこうして育ってきたのだろうなあ、と。

僕が30歳から3年間、小学校教員を務めた理由もここにある。僕自身は大人たちに愛情いっぱいに育てられ、ここまで来ることができた。だから、自分の好きなことだけやってきた20代を終えたいま、今度は自分が"大人"として、子どもたちのために力を尽

くしていきたい。恩返しをする番だ、と。

　小学校教員として3年間の契約を終えた僕が、今春から「まちの保育園」の運営に携わるようになった理由も、ここにある。子育ての責任を持つのは、もちろん家庭。でも、家庭「だけ」ではしんどい。もっと、地域で、社会で子どもを見守り、育てていく仕組みをつくっていければ──そんな思いがある。

　教育を志すようになった思い。「まちの保育園」を開園しようと思った経緯。そんな僕の"いま"につながる原点を、今日は町内のお祭りに思い出させていただくことができました。また、そうしたまちとのつながりを生んでくれた長男にも感謝。今日は、とてもいい一日になりました。

授業するのにあたって気を
つけていたことは、なんで ▶▶▶
すか？

▶ たくさんあるけど、いちばんは子どもたちが「間違ってもいいんだ」と思える雰囲気づくり。

僕がいた学校の先生は間違えたら
怒鳴り散らす人だったからみんなび ▶▶▶
くびくしてたなー。

でも、社会に出たら、いざ間違っ
た時に「すいません」で済まない
ことが多い。やっぱり学校でも「し ▶▶▶
くじった時の責任の重さ」をきちん
と教えるべきではないでしょうか。

▶ それじゃあ、「学びたい」という意
欲は生まれてこないよね。

▶ じゃあ、その社会を変
えていきたい。

教員採用結果待ちの者です。教師
として働いていた際に一番心掛け　▶▶▶
ていたことは何でしょうか？

4月から教師はじめましたがへこた
れそうです。新任の時の苦労話っ　▶▶▶
てありますか？

教員をしています。人に何かを伝
えることの責任の重さに時々苦しく
なります。そして臆病になります。　▶▶▶
乙武さんは教員をされていた時、怖
くなかったですか？

133　　　　　　　④　教育

► **職員室ではなく、子ども
のほうを向いて仕事を
すること。**

► もちろん、あるよ。でもさ、たぶん
教師だけじゃなくて、どんな仕事に
就いていたって、みんなへこたれか
らスタートだよ！

► **怖かった。だって、子
どもたちの瞳、まっす
ぐなんだもん。「責任」
という名の怖さ。**

子どもによって対応をかえる際、差別だとかひいきだとか言われることは怖くないのですか？　▶▶▶

私の姉は体育教師を30年あまり勤めました。激闘の30年だったかと思います。姉曰く…熱血先生は、現場で嫌われる…なんだか、寂しい話です。

乙武さんはいわゆるモンスターペアレントに出会ったことはありますか？　▶▶▶

▶ 怖くないです。僕はくだらないこと
を言う外野のためではなく、子ども
たちのために仕事をしてきたから。

▶ **僕も職員室では嫌われ
ていたと思います（笑）**

▶ この「いわゆる」という言葉が曲
者。教師だけの立場に偏ればそう
思えても、保護者の立場になれば、
うなずける部分もあったり。

④ 教育

強制か、自由か
2011 年 6 月 12 日

　僕は、子どもたちに自由に発言させ、自由に考え、人と違うことを良しとする教育をしてきた。だけど、それは僕のエゴなのではないだろうかと悩んだ時期があった。はたして、いまの社会はそのようにできているだろうか、って。

　たしかに、社会で思うように振る舞える人間はほんのひと握り。多くの人は、誰かの指示を受けたり、誰かの顔色をうかがいながら生きていくことになる。そんな社会に「個性を大切に」と育てた人間を送りだすことは、僕のエゴなのか、結果的に彼らを苦しめることになるのか。

　いまの社会に適合する人材を送り出すことを「教育」と呼ぶのなら、たしかに教育とは強制であるべきなのかもしれない。でも、

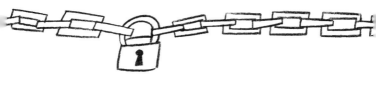

　やっぱり、僕にはそう思えなかった。何かを強いることで人を育てるという手法が、僕にはできなかった。それがキレイごとであり、バカと言われても。

　不登校の子が口にした言葉。「学校には、やらなければならないこと、やってはいけないことの2つしかない」――じつは、教員も同じだった。「やらなければならないこと」「やってはいけないこと」。どちらも、強制。すごく、苦しかった。きっと、子どもたちも苦しいだろうなあと、強く感じた。

　社会とはそうした苦しいものなのだから、子どもの頃から管理・強制し、そのなかで生きていける人間を育てるべきという考え方もあるだろう。でも、僕にはできなかった。そんな息苦しい社会を「是」と思えない自分が

いたから。子どもを、社会における交換可能な歯車として育てることができなかった。

　一人ひとりが自分らしさを大切に生きていける社会。これが僕の理想。だけど、いまの社会はそうなってはいない。僕は、はたして教育者として「是」と思えない現代社会に適合する人間を育てていくべきなのか、あくまで僕の理想に基づき、個性を重んじた教育をしていくべきなのか。本当に悩んだ。

　正解は、ないと思ってる。どちらの手法も、子どものことを思ってのこと。だからこそ、子どもにはどちらの先生にも教わってほしい。「あ、こんな考え方の先生もいるんだ。前の先生と違うな」って。いい意味で"混乱"してほしい。そうすることで、自分で判断する力が養われていくと思うから。

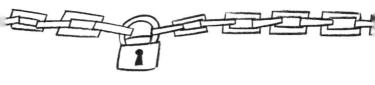

　だから、教育界には様々な価値観を持った人間がいてほしい。僕が『だいじょうぶ3組』の中で、赤尾、白石、青柳など、教員の名字すべてに色を入れたのも、そんな思いから。まずは、教員が色とりどりの存在であるべき。教員だって「みんなちがって、みんないい」。

　ここまで書いたところで、みなさんからの感想が続々と寄せられています。これだけ多くの方が教育に関心を持ち、子どもの育ちに興味を持ってくださっていることが、何よりうれしい。僕のつぶやきが、みなさんが社会や教育についての考えを深めるきっかけとなれば幸いです。

新宿での通り魔を予告していた横浜の中学生が逮捕された。「許せない」とか「腹立たしい」という気持ちはわかるけど、大事なのはその少年がなぜそんなことをしたのかという心の闇に、大人が、社会が目を向けていくことなんじゃないだろうか。

新宿通り魔予告事件……2011年2月、ネット掲示板に「新宿駅で通り魔事件を起こす」と書き込んだ少年が威力業務妨害容疑で逮捕された事件。

教員になるため勉強中です。この子は、ただのヒマつぶしで掲示板に書き込んだんじゃないかと思いますけど。

► 本当にそう思っているなら、僕はあなたに教員にはなってほしくないな。

............▶ では、教師にふさわしい考え方ってどんなだろう？ ▶▶▶

④ 教育

奇異に映る子どもの行動の裏には、どんな心理が潜んでいるのだろうとつねに想像する。もちろん、それは「正解」じゃない。あくまで、僕のやり方。

学力とはなんだと思われますか？　▶▶▶

ゆとり教育って一体何なんですか？　▶▶▶

④　教育

► 成功や失敗など、それまでのあらゆる経験を生かし、課題に向かっていく力。

► 知識偏重から経験重視への転換。その中心を担う「総合的な学習の時間」は、教師のゆとりのなさから十分な準備ができず、想定していた効果は生み出せなかった。だから、今回の学習指導要領の改訂で削減されることに…。僕は、そう解釈しています。

総合学習が出来てから、僕達NGO業界に授業を依頼されることが大変多くなりました。これまでに比べると、在学中から外の世界を具体的に知るきっかけにはなっているかも。授業で地雷問題を知って、「何かできれば」とボランティアに登録に来る子も。

私もゆとり世代ですが、総合学習の授業で障がい者施設やデイサービスに体験学習に行ったことで、介護に興味がわき、夢ができて、今の仕事があります (^-^)

中学最後の総合学習では、全教科の先生がハムレットを解説。英語ではbeについて、歴史では時代背景を、体育では舞台芸術についてといった感じで、最後に劇団四季のハムレットを観ました。多角的視野を学ぶことができました。 ▶▶▶

149 　　　　④　教育

これはすごい！

▼

現場に、これだけできる余裕をどうやったら与えられるかが鍵ですよね。

まさに！

娘は小学校から不登校でした。今は何とか学校に行ってますが、また行けなくなったらと考えると、怖くてどうしようもありません…娘の笑顔がなくなってしまうことが怖い!!

▶▶▶

► 娘さんの笑顔を奪っているのは
「学校は行かなくてはいけないとこ ·················
ろ」という大人の思いこみかも。

そうは言いますが「学校にちゃんと行くのが当たり前」というのがこの国の常識ですから。

► それは、
　従うべき常識？

学校は「行かなくてもいいところ」
なんでしょうか？　▶ ▶ ▶

よっぽど学校に行けない様な病気
やトラブルがない限り基本的に学　▶ ▶ ▶
校に行くべきだと思っております。

「学校に行かなければならない」と
いう認知を変えることは大切ですが、
学校に行ってないと学歴などで不
利を受け社会で働けない可能性も　▶ ▶ ▶
あります。そこらへんはどう考えま
すか？

155　　　　　④　教育

► それが自分を追い詰め、苦しめてし
　まう場所ならば。

► その「よっぽど」を、
　誰が判断するのかが難しい。

　通信制の高校や大検など、本人が
► 学びたいと思えば、いくつかのルー
　トは用意されている。

▶ 乙武さん自身も、結局人は学歴だって考えてるってこと？ ▶▶▶

▶ まさか！　学歴が必要な仕事に就きたいと思った場合 ……………は、ということ。

学歴が必要じゃない仕事なんてロクなもんじゃないって考える自分は頭が古いんですかね……（27歳会社員）

▶ 古いというか、偏ってる。
勉強したい気持ちはあって
も、人間関係などに苦しみ、
学校に行けなくなった人々
の気持ちに触れられていな
いから。

最近、「〜するべき」「〜すべきではない」と、『べき論』をふりかざす人が多い。それはわかるけど、人間はロボットではなく感情がある生き物なのだから、どうしたらその「すべき行動」が"したい"と思えるようになるかを考えたほうが、おたがい気持ちいいと思うんだけどなあ。

平等ということ〜運動会に思う
2011年5月31日

　僕が勤務していた小学校は、運動会の日は子どもたちも家族と一緒に校庭で弁当を食べていた。でも、学校によっては運動会の日も給食を出し、子どもたちを教室に入れてしまうところも。親たちは、子どものいなくなった校庭でさみしく弁当を食べるか、なかには一度家に帰って、また出直してくる人も。

　子どもたちを教室に入れてしまう理由は、「親が来れない子が傷つくから」。あとは、「弁当格差によって、パン1枚しか持たされない子が傷つくから」。僕は前から言っているように、何でも傷つけないようにビニールハウスで囲い、温室栽培をすることが教育ではないと思っている。

　それぞれの資質や能力、容姿や家庭環境は生まれもったもので、その前提を変えることはなかなか難しい。その「違い」を感じさせないよう、いくら学校が配慮しても、ビニールハウスが取り外された社会に出れば、いく

らでも傷つく機会がある。そのときまで気づかせないほうが、僕は無責任だと思う。

「私の家はお母さんが来れなくてさみしい」「あの子の家の弁当は豪華だから、うらやましい」。もちろん、運動会にそんな苦い思い出を持つ人もいるでしょう。だから、そう感じる子が出ないように、みんなで給食。これで、だれも傷つかない。

そんな"平等"を図ることが教育？　僕は、そうは思わない。社会に出れば、傷つくこともある。挫折することもある。そんなとき、どう立ち上がり、ふたたび歩いていけばよいのか。

そんな経験をさせておくことのほうが、よ
ほど教育的だと思うのだ。絶対的に存在する
"違い"に布をおおいかぶせ、「みんな平等だ
よ」とうそぶくことが教育だとは、僕は思わ
ない。

　もちろん、学校だけを一方的に批判するつ
もりはありません。「これでうちの子が傷つ
いたらどうするの？」と厳しい調子でご意見
を寄せる保護者の存在があることも忘れては
いけない。

　東京では、降り続いた雨の影響で、今日が
運動会という学校も多いようですね。この日
のために練習を積んできた子どもたちと、そ
れを見守るみなさんにとって、今日の運動会
が思い出に残る素晴らしい一日となるよう、
お祈りしています！

5

家族のこと

僕が「名字を変えたい」と言ったら、妻に断られた（笑）

きみの場合はあまり意味無い！ 笑

いや、「乙武」ってあまりにめずらしいから、子どもがかわいそうかなって。
一発でバレるでしょ。「あ、乙武の息子だ！」って（笑）

乙武くんの息子だってばれたら何で
お子さんがかわいそうなんですか？ ▶▶▶
立派なお父さんなのに。

167　　⑤　家族のこと

目立つというのはね、
▶ とても覚悟のいるこ
となんです。

分かります。意図して目立つのと、否応無しに目立つのとでもだいぶ差がありますしね（/_;）

「目立つ」って喜ぶ人もいれば、嫌う人もいますよね。乙武さんは嫌う人なんですね。

▶ そうそう、息子が
「目立つ」ことを望むかは
わからないから。

▶ いいえ。僕と息子は別人
格だ、という話です。 ┄┄┄┄┄┄

▶ "乙武洋匡の息子"ではなく"乙武〇〇(ご子息さんのお名前)"だと。 ▶▶▶

⑤ 家族のこと

► みなさんがそう捉えてくだされば、僕ら夫婦も気がラクなんですけどね♪

帰宅するなり、3歳の長男「あのね、お父さん。スカンクはおならがくさいから、近づいちゃあ、ダメだよ」「うん、わかった(^o^;」

> bhhhhhhhhhhhhhhhhhnnnnnnnnnMmmmmmyhyh カアアダアダ d エワ sz
> あ、いまの次男（0歳11ヶ月）。

こんなことを聞くのは失礼を承知の
上なのですが、乙武さんがご結婚
されるとき、自分の体や将来のこと、
いろんな不安とどう向き合ったので ▶▶▶
すか？　同じように障害をもった方
とおつきあいさせてもらってたこと
があって。

乙武さんの手足は先天性で
すよね。乙武さんと奥さんは
子供を作ることが怖くなかっ ▶▶▶
たのでしょうか？

▶ 不安なんて、とくになかったです
　よ？

▶ 僕ら夫婦が障害を不幸なものだと
　考えていたなら、怖いと思ったのか
　もしれませんね！

将来、お子さんには乙武さんのお体のことをどのように話そうと思いますか？　気になります。　▶▶▶

体が不自由な人と一緒に暮らすことは、テレビドラマで描かれるほど美しいものではない。『カシオペアの丘で』の一節ですが、乙武家ではいかがですか？　▶▶▶

▶ いっしょに暮らしていて、あえて話すことではないのかな。

▶ 体の自由・不自由を問わず、人間が共に暮らすということ自体が、僕は美しいと思う。

プロポーズの言葉は？ ▶▶▶

奥さん以外に手を出しちゃ駄目です
よ（´・ω・｀）　　　　　　　　　　▶▶▶

⑤　家族のこと

▶ 僕の手足になってください（大嘘）♪

▶ 出す手がないから、だいじょうぶ
（￣ー＋￣）ニヤリ

次男誕生

2010 年 7 月 9 日

10:33:04
陣痛なう。

11:01:27
いまから病院へ。間に合うといいけど…。

11:24:26
渋滞なう。カーナビの示す到着予定時刻がどんどん遅れていく件。こんなときにかぎって…。

11:56:07
長男は恥ずかしがり屋だったのか、陣痛が始まってから 30 時間も顔を見せてくれなかった！ 長丁場の戦い、となりでただ見守ることしかできない男性とは、何と無力な存在だろうと打ちのめされた 2 年半前の冬。

12:16:41
長時間にわたる、のたうち回るような痛みと苦しみに耐えての出産。分娩台の上で、助産師さんの手によって産まれたばかりの長男をお腹に乗せられた妻が、ひと言、「あったかい…」。ダメだ、思い出しただけでも涙が出そう。

12:21:29
さあ、まもなく病院！ みなさん、
妻にエールをお願いします (^O^)／

12:26:24
病院着きました！ また無事に産まれたらご報告しますね
ヾ (=^ ▽ ^=) ノ

- -

15:06:34
第二子、産まれました！ 14 時 50 分、元気な男の子です!!
妻も、次男も、本当に、本当によく頑張ってくれました。
バンザイ＼ (^O^) ／

- -

21:42:18
帰宅しました。あらためてご報告させてください。本日、14 時 50 分、第二子が誕生いたしました。2968g、50cm、元気な男の子です！ Twitter 上では、本当に多くの方から励まし＆祝福の言葉をいただき、深く感謝しています。ありがとうございました！

自分のしつけ方、子どもに対する接し方がこれでいいのか？　といつも思います。
乙武さんはお子さんを育てるのに一番大切なことはなんだと思われますか？

▶▶▶

183　　　⑤　家族のこと

▶ 「愛」。言い換えれば、
　自己肯定感を育むこと。

自分自身を肯定できないと難しく感じます。乙武さんは自分のことをどう思ってますか？

ダメなとこ、直さなくちゃいけないところはいっぱいあるけど、そんなところも含めて、愛おしく思っています（笑）！

不幸の烙印を押さないで

2011年10月8日

　身体障害者本人が、みずからの障害をどう捉えるか。それは、親の態度が大きく影響するのではないかというのが、僕の持論。「こんな体に生んでしまって申し訳ない」と考える親のもとに生まれれば、きっと当人も「自分は不幸の身に生まれたのだ」と十字架を背負わされたかのような心持ちになる……。

　逆に「障害があってもいいじゃない」という、おおらかな親のもとに生まれたら、みずからの境遇に悲観することなく、障害を重たい十字架と感じることなく生きていけるのではないか。少なくとも、僕はそういう親のもとに生まれ、この障害をとくに悲観することなく生きてきた。

　もちろん、どちらが正しく、どちらが間違っているということはない。どちらも、わ

が子を愛しているからこその思いなのだから。
ただ、生まれつきの障害者のひとりとして言わせてもらうならば、後者のような親のもとで育てられたほうが、障害者本人にとっては「ラク」だろうなあと思う。

　障害児の親は、愛ゆえに、生まれたばかりのわが子に「不幸」の烙印を押してしまっていないだろうか。障害者として生きていくことは、本当に不幸なことなのか。はたまた障害と幸福には、何の相関関係もないのか。それは親ではなく、本人が生きていくなかで判断していくべきことだと思うのだ。

　もちろん、平坦な道でないことはわかっている。いじめ、差別、偏見──。障害者として生きていくには、まさに多くの「障害」が待ちかまえている。でも、健常者に生まれたからといって、幸せな人生を歩めるとはかぎらない。そして、障害者に生まれたからといって、不幸になるともかぎらない。

つまり、生きてみなければ、その人の人生が不幸かどうかなんて、わからない。どんな苦しい境遇に生まれても、大逆転でHAPPYな人生を歩むことになるかもしれない。それなのに、生まれた時点で「この子は不幸だ」と決めつけてしまうのは、あまりにもったいない気がしてしまうのだ。

　と、僕がいくら言ったところで、やっぱり子どもを産み、育てていくのは親だ。その親が、羊水検査をした結果、「やはり、障害者としての人生は不幸にちがいない。だから、私たちは中絶する」という決断を下したならば、何も言うことはできない。口をはさむべきことじゃない。

　そこで、僕が何らかの役割を果たせたらと思っている。「乙武さんみたいに、幸せそうに生きている人もいるな」──お腹のなかの

子に身体障害があるとわかっても、僕の生きる姿から「産む」決断をしてくださる方が、少しでも増えるように。僕がメディアに登場する理由の多くは、そこにある。

　もちろん、「やっぱり、障害者なんて産むんじゃなかった…」と後悔することのないような社会にしていくことも、僕が果たすべき役割のひとつだと思っている。でも、こればっかりは、一人じゃどうすることもできない。どうしても、みなさんの理解と手助けが必要です。大切な命を守っていくために。

　長文失礼しました。「もしも、自分が障害のある子を授かったら」──そんな視点からお読みいただければ幸いです。最後に、障害の有無にかかわらず、ひとつひとつの命がすべて輝くものであってほしいと切に願っています。

ピクニックなう。バッグから「とんがりコーン」を取り出した妻。

長男に向かって、「これは、お父さんにはできない食べ方よ」と五本指に装着。

く、くやしい…（笑）

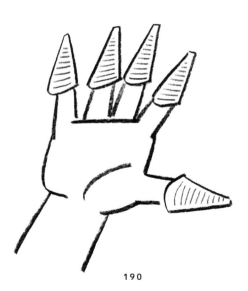

乙武さんが人生で一番ブチギレたことってなんですの？

乙武さんはツイッター上で、いろいろな人の罵詈雑言にもおおらかな対応をしてますが、本気で怒ったりすることは？

⑤ 家族のこと

▶ 父の葬儀のとき、喪服も喪章もないマスコミが大挙して押しかけ、勝手にバシャバシャと撮って、帰っていったことかな。

▶ 命にかかわること、家族に対する暴言については、いつもと異なる態度を示すつもりです。決して許さない。

なぜ、家族に対しては
許さないのですか？

⑤ 家族のこと

▶　家族を持ったら、わかるよ。

いろいろ考えたけど、1万ツイート目は母へ。毎日が楽しく、幸せでいっぱいです。「生きる意味がわからない」と戸惑う人が多いなか、自分が何をなすべきか、早い段階で気づくことができたのは、この特徴的な体のおかげです。手足のないこの体に生んでくれて、ありがとう。また近いうち、顔出します。

父へ
2011年5月11日

　今日は、父の命日。ちょうど10年前、父は亡くなった。建築家だった。バブル期の建設業界。帰りはいつだって遅く、平日は朝しか顔を合わせることがなかった。それでも、入学式や卒業式、運動会や授業参観——いつも休みを取って来てくれた。いまなら、わかるよ。それが、すごく大変なことだって。
　愛を伝えるのが上手な人だった。ある年の母の誕生日、入院中だった父はこっそり病院から外泊許可をもらって、家の前でピンポーン——何も知らない母が玄関の扉を開けたら、薔薇の花束を抱えた父が立っていたなんてこともあったっけ。母にも、僕にも、いつだって「愛してるよ！」と言ってくれた。

　小学5年のとき、成績が下がった通知表を暗い気持ちで持ち帰った。父が、そっと開く。「やっぱり、おまえはすごいなあ」え？「オレなんて、アヒル（「2」のこと）ばっかりだったよ」きっと、そんなはずはない。でも、あえて自分を低く見せてでも僕の自尊心を重んじてくれる、そんな父だった。

　亡くなってしばらくは、父の存在をよく感じていた。僕が誤った判断や行動をしたとき、父は必ず僕の前に現れて、「それでいいのか」と問いかけた。妻への感謝を欠いたときも、いつも気づかせてくれた。もう、ここ何年も現れてくれないけど、元気にしてる？　僕は、すこぶる元気です。母も、元気だよ。

「お母さまが素晴らしいですね」──『五体不満足』を読んでくださった方は、必ずそう言ってくださる。でも、母はよく言ってたよね。「私が心おだやかに頑張れたのは、賢二がいてくれたから」。あれ、聞いてないの？照れくさいから、本人には言わなかったのかな。じゃあ、俺から聞いたの、内緒だよ。

「オレ、いつかおまえに怒鳴られる日が来るんじゃないかと思ってた。『なんで、こんな体に生んだんだ』って」──これまでね、ただの一度だって、そんなこと思った日はないよ。感謝の言葉しか出てこない。長くなったので、このへんで。僕は、だいじょうぶ。ふたりの孫を、どうか見守っていてください。

⑤ 家族のこと

❻

障害、差別、自虐？

4月から息子が小学校に入学します。ADHDと言われていて、入学先の校長先生もあまりいい顔をしてくれず、不安が大きいです。やっぱり、こういう子がいると大変だと思いますか？　▶▶▶

息子も野球大好きです。が、息子には脳性麻痺という障害があって、みんなとプレーさせていません。親が危険と勝手に判断しているからです。したいと望むなら、させるベキでしょうか？　▶▶▶

僕の弟が発達障害なんですが普通の中学校に行かせるべきですか？　▶▶▶特別学級ですか？

ADHD（注意欠陥／多動性障害）……幼少期に見られる、年齢や発達に不釣り合いな注意力、衝動性、多動性を特徴とする行動障害のこと。

⑥　障害、差別、自虐？

► 大変だとは思います。だからといっ
　て、排除される理由にはならない。

► あまりに「安全」を優先させると、
　「成長」が奪われてしまいますよね。

► 「発達障害だから、こうすべき」と
　いう考え、あまり賛同できないな。
　弟さんにとってのベストを！

社会は2つに分かれてる？

2011年7月22日

　特別支援教育についての文科省会議、みっちり3時間。今日は、障害のある本人や保護者からのヒヤリングでした。理想だけを述べて、遠くから桃源郷を眺めるより、もう少し現実に沿って有効性のある議論ができたらいいと思うんだけどなあ…。僕は、そんな観点から意見を述べさせていただきました。

　障害のある人も、ない人も、共に学べる環境が不備なく整えられたら、素晴らしいに決まってる。でも、すべての要求を満たすには、莫大な予算と人的資源が必要になる。そのなかで、どう折り合いをつけていくか。そこが重要なんじゃないかなあ。理想論ばかりじゃ、結局、何も変えられないと思うんだ。

　施設・設備が整うのが、理想的。でも、「それらが整わないから、インクルーシブ教

育は不可能」となってほしくないんだ。環境が整わなくたって、周囲の理解や本人の努力によって、共に学ぶことはできるはず。もちろん、すべてのケース、すべての子どもに当てはまるわけではないことはわかっているけど。

　障害のある人とない人が、共に学ぶべきか。それぞれ意見の分かれるところだと思う。でも、そのことを考える前提として絶対に忘れてはならないのは、学校を卒業した後の社会は、障害者用と健常者用の2つに分けられてはいないということ。みんなが生きるこの社会は、ひとつしかないということ。

インクルーシブ教育……さまざまな境遇の人たちを「分けて」教育するのではなく、違いをふまえた上で「同一環境」のもと行う教育のこと。

⑥ 障害、差別、自虐？

なんと、Twitter 創業者 Biz Stone
氏と対談することに。「Twitter 創
業者 Biz Stone ×乙武洋匡、飯野
賢治の特別対談」

そのツイッターの父に、持ち前のブラックジョークをどんどんぶつけてください。引かれちゃうかもしれませんけどwww

⑥ 障害、差別、自虐？

► いや、米国では障害者に対する心理的な垣根が低いですから、躊躇なく笑ってくださる気がします！

．．．．．．．．．▶ アメリカではどうして障害者
への心理的垣根が低いんで ▶▶▶
すか？

► 「物質的なバリアフリーが実現されている」→「子どもの頃から、街や学校で障害のある人とふれあう機会が多い」→「出会っても、特別な存在だと感じない」……という影響は大きいように思います。

でも逆に普通すぎて身体的特徴をあげつらった悪口やからかいも激しい気もしますね〜メガネをからかうが如く障害もからかうみたいな。

211　　⑥　障害、差別、自虐？

▶ 腫れものに触るように扱われるよりも、僕はずっとそっちのほうがいいなあ。

「障害」は「個性」か？

2010年9月26日

「障害は個性です」と語る乙武さん──。

みなさんも、どこかで見聞きしたことのある文言かもしれません。でも、じつは、僕は一度もこのセリフを口にしたことがないんです。

個性とは、「その人らしさを形成する上で、必要不可欠な要素」。だから、本来の意味で言えば、障害も個性なのかもしれません。でも、やはり日本で「個性」という言葉が使われるとき、そのほとんどが肯定的な意味であることが多いように思うんです。

それでも、「障害＝個性」と言えるのか？

ならば、障害という個性があこがれられたりもするのか？

たぶん、答えは NO だと思います。

だから、僕自身は「障害＝個性」と言いきってしまうことに、少なからず抵抗を感じてしまうのです。

Twitter でそんなことを書いていたら、こ

213　　　⑥　障害、差別、自虐？

んなツイートをいただきました。

「じゃあ、乙武さんにとって障害とは？」

僕にとって障害とは、「二児の父」「メガネをかけている」——そうした要素とならんで、乙武洋匡を形成する数ある特徴のひとつ。

そして。

性格や能力、そして障害も含めた僕自身を形成するすべての特徴を振り返り、それらを生かして、「自分にしかできないこととは……」と考えたとき、そこに初めて「個性」が生まれると思っているのです。

僕は、この手足がないという特徴を生かして、多くの人々に「みんなちがって、みんないい」というメッセージを伝えていきたい。それは、『五体不満足』から一貫して強く思っていることです。そうした信念で活動していくことが、僕の「個性」だと思っているから。

▶ 障害を持つ子どもを育てた親としては、障害=個性、と思わないと育てきれない、という思いがありました。 ▶▶▶

▶ そうそう。個性ですむなら全ての人が受け入れてくれる。でも、そうじゃない……。 ▶▶▶

▶ 難しい問題。軽度障害者の私は、「障害を個性」と言うのには抵抗を感じますが、人生で得難い経験をしたとは思っています。 ▶▶▶

▶ 「障害は個性か」——みなさんから続々と意見が届いています。もちろん、正解の存在しない問いだから、人によって捉え方は様々。でも、障害を「個性」という耳ざわりのいい言葉に置き換えることで、改善すべき問題点から目が逸らされてしまうことが怖い。

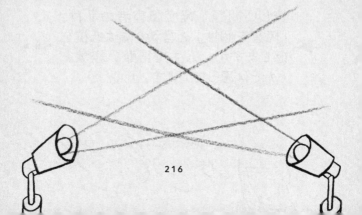

乙武さんのおかげで四肢の「不自由」な方々が「自由」に生活をしてることを知りました。不自由じゃなかったんですね…(*^_^*)

▶▶▶

障害のある方が、「生まれ変わっても今のままでいい」と。私なら、今度生まれ変わったら耳が聴こえるようになりたい。乙武さんは？

▶▶▶

障害者の方を知った風に語る人が福祉組織の中には多すぎると母が愚痴っておりました。非障害者の人が障害者を完全に理解することは無理なんでしょうか。

▶▶▶

▶ 人によると思います。僕を見て、「四肢の不自由な人はこうだ」と判断されてしまうと、困る人がたくさん出てくる。

▶ 僕も、次は手足のある人生がいいかな。それは、健常者が障害者より優れているからではなく、「障害者」としての人生はすでに味わっているから。

▶ 僕は障害者だけど、障害者を完全に理解してないよ。

紅白出場おめでとうございます！　▶▶▶
何歌われる予定ですか？

乙武さんが深夜ラジオにでたらどん　▶▶▶
な話題になるか興味あります。

以前美輪明宏さんが『乙武洋匡さ
んは来世は間違いなく菩薩様』と　▶▶▶
おっしゃったのを思い出しました。
素敵ですねニッコリ

► 幸せなら手をたたこう♪……
(￣□￣ ;)!!

► 『乙武洋匡のオール（すべて）無い
ニッポン』とかどう？

► 現世は、高機能ダルマ♪

乙武さんはおっぱい揉むの好きですか？　▶▶▶

乙武さんって鉄棒でなにが得意なんですか？　▶▶▶

18日、草野球の試合のメンバーが足りません。助っ人として来ていただけませんか？　▶▶▶

▶ もむ手がないからっ
（お約束）!!

▶ 見学！

▶ ボールが足りなくなったら、
呼んでくれ（-。-)y-°°°

○○はどうやってするの？

2010 年 12 月 22 日

　何気ない行動をツイートするたび、「乙武さん、○○はどうやってするの？」という書き込みが相次ぐ。でも、私生活でそんな質問を受けることはほとんどない。きっと、気になっても「失礼かな…」と自制するのだろう。ツイッターでは顔が見えないから、この「失礼かな」というフィルターが外れるのかな。

　実際、僕に会って「○○はどうやってするの？」と聞くのは、子どもくらい。あとは、すんごく無邪気な人（昨日の武田双雲さんみたいに！）。子どもには「失礼かな？」という意識がないからね。でも、大人にはそうした意識が働くから、面と向かっては、聞いてこない。これは、ほぼ 100％。

　別にそれらの質問が失礼だとは思わない。ただ疑問なのは、面と向かっては聞けないことが、Twitter では気軽に聞けてしまうこと。そこに、「顔が見えないからいいか」という意識が働いていないか。気軽さが魅力のTwitter というメディアだからこそ、相手との距離感には心を配っておこう。

⑥　障害、差別、自虐？

ツイッター上での議論について

2011 年 3 月 6 日

　　昨日の深夜の議論は、なかなか面白かった。僕が、自分とは異なる意見を RT（引用返信）するのが、「晒しあげ」のようで気分が悪いと。ちなみに、僕にそんな意図はなく、自分の意見と同じだろうが、異なろうが、みなさんにも考えていただきたいと思ったツイートは RT するようにしています。

　「しかし、RT された人は乙武さんに宛てたのであって、不特定多数に読まれることを想定していないのでは？」とありました。でも、ここはメールのような 1 対 1 の関係性でなく、ツイッターというメディアです。不特定多数に読まれて困るような発言を、ツイッター上ではすべきではないように思う。

　　持論をぶつけておきながら、僕に反論されると、急に「私は一般人だから」という隠れ蓑に逃げ込む人もじつに多い。議論をするのに、著名人も、一般人もない。実名を明かせとまでは言わないから、せめて公の場で堂々と自分の意見を発信する覚悟と責任を持っていただきたい、と思っています。

僕は低身長の男です。よく気持ち悪いと言われます。この前は中学生の太った女の子に言われました。何かそれからというもの皆が皆、自分のことを気持ち悪いと思っているんじゃないか？　と疑ってしまいます。生きているのが嫌になります。

▶▶▶

▶ なぜ「太った」と
入れたの？

負けたくなかったんでしょうね。今まであまり小さい以外は気持ち悪いと言われたことがなかったからもしかしたら、その女性が僕に向かって気持ち悪いと言ったことで頭に来たのかもしれません。どっちもどっちですかね。参りました。

よく考えたら、「アホの坂田」って、すごい通称だよなぁ。そんな名前で親しまれるって、ホントに人柄だと思う。うーん、僕だったら……「カタワの乙武」? これじゃ、テレビ出れないか (^o^;

そんな言葉を使うべきで
はない

差別語でしょ！

乙武さんの自虐ネタは
嫌いです（;_;）

⑥　障害、差別、自虐？

どうして、この言葉を使うといけないの？

「カタワ」を「障害者」に変え、こんどは「障がい者」に変える。そうやって、やわらかい言葉にすり替えることで、本質を見て見ぬフリする風潮。それで何か解決するの？声高に「差別用語は良くない」と叫ぶ人ほど、「私は差別してないです」というポーズを取りたいだけだったりする。無意味だよ。

僕が自身の障害をマイナスに捉えていれば、これまでの数々のツイートも"自虐"になるのかもしれない。でも、僕は自身の障害をただの"特徴"に過ぎないと考えている。だから、自分を貶めているという感覚はまったくない。ただ、自分の特徴をネタに、笑いを取ろうとしている。そういう感覚なのです。

乙武さんにとっての障害とは薄毛と
同じようなものなんですか？　指摘　▶▶▶
されて怒る人もいれば、ネタにして
笑いをとる人もいる、みたいな。

うちの市では障害者に代わる呼称
を市民から募集し、危うく"友愛
人"になるところでした。障害を障　▶▶▶
がいにしたらなんか美しくない気が
する（^_^;)

でもそぅ呼ばれるのが（書かれるの
が）嫌な人をゎたしゎ知ってるか
ら、ゎたしゎ「障がい」と書く。ポー　▶▶▶
ズじゃない。少なくとも無意識に傷
つける人を１人減らせる。

障がい

▶ まさに！

▶ もはや、ギャグ www

▶ こういう関係性のなかで言葉を変えることに、本当の意味がある。社会が決めることじゃない。

ぼくは「カタワ」です。

2011年6月20日

　膨大なメッセージをいただいています。「傷つく人がいるから、やめたほうがよいのでは」との声はあっても、「傷つくからやめてくれ」という当事者の声は、いまのところゼロ。「よくぞ代弁してくれた」という障害者、もしくは家族の声が、いくつか。冒頭の気遣いが、本当に障害者のためになっているかは疑問。

「背が高い」って、ただの身体的特徴を指す言葉だけど、たとえば背が高いことを気に病んでいる女の子には、使うべきじゃない。でも、だからと言って、誰も「背が高い」という言葉を「差別用語だ」とは言わないよね。言葉とは、そうして相手との関係性によって選び、口にするものだと思うんだ。

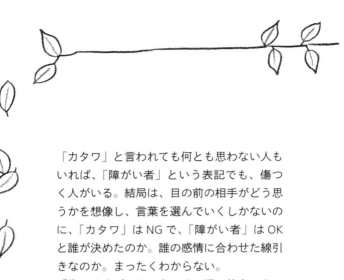

　「カタワ」と言われても何とも思わない人もいれば、「障がい者」という表記でも、傷つく人がいる。結局は、目の前の相手がどう思うかを想像し、言葉を選んでいくしかないのに、「カタワ」は NG で、「障がい者」は OK と誰が決めたのか。誰の感情に合わせた線引きなのか。まったくわからない。
　「傷つく人がいるから、公の場で使うべきでない」なら、「背が高い」「おぼっちゃま」「色が黒い」だって、公の場で使わないほうがいい。その言葉で傷つく人も、少なからずいる。でも、そんなのバカげているでしょう。目の前の相手の気持ちを考えて、言葉を選ぶでしょう。僕らには、その力がある。
　なのに、障害者に関する呼称については、

1対1の関係性を無視して、一律に、社会的に、「カタワ」「めくら」「つんぼ」はNGとされる。それが、なぜなのか——という疑問を提示したいのだ。その決めごと自体が、障害者に接することを腫れ物にさわるような関係性にしてしまっていないだろうか。

誤解のないよう言っておくが、僕は他人様に向かって「カタワ」だの「ダルマ」などと口にしたことは一度もない。すべては、自分について。それでも「そんな言葉使うべきじゃない」と言う人がいる。「傷つく人がいるから」と。それなら、「僕は背が高いんだ」も言えなくなる。その言葉に傷つく人がいる。

相手を傷つける言葉を言っちゃダメ。そんなの当たり前。小学校で習ったでしょ。でも、

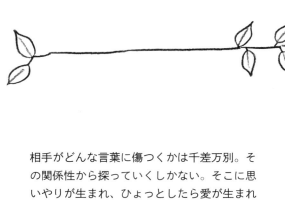

　相手がどんな言葉に傷つくかは千差万別。その関係性から探っていくしかない。そこに思いやりが生まれ、ひょっとしたら愛が生まれる。でも、対障害者には、初めからオールNG。「探っていく」が飛ばされている。

　障害者だって、一律じゃない。言葉に無頓着な人もいれば、傷つきやすい人もいる。差別用語って、そんな当たりまえの前提を無視した決めごとのような気がして、僕は好きじゃない。一人ひとり、目の前の相手を見て、感じて、言葉を選ぼうよ。そんなの、相手が健常者だって、障害者だって、同じだよ。

　だからね、僕に対して、一見失礼に見えるツイートを飛ばす人々に対して、「失礼だ」

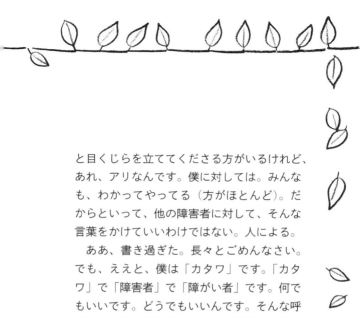

と目くじらを立ててくださる方がいるけれど、あれ、アリなんです。僕に対しては。みんなも、わかってやってる（方がほとんど）。だからといって、他の障害者に対して、そんな言葉をかけていいわけではない。人による。

　ああ、書き過ぎた。長々とごめんなさい。でも、ええと、僕は「カタワ」です。「カタワ」で「障害者」で「障がい者」です。何でもいいです。どうでもいいんです。そんな呼び方──そんなふうに思っている僕のような障害者もいる。そんな言葉に傷つく障害者もいる。そんなことを理解いただけたら。

それにしても、毎日毎日いろんなツイートが届くなあ。この前「ばーか」と言われたので、「か、か……、カメラ！」って、しりとりで返したよ。

▶ メッセで馬鹿とか死ねとか平気で発言するのは上から目線の人に多い感じがしますね。 ▶▶▶

▶ 人の悪口ばっか言ってる人、どう思いますか？ ▶▶▶

▶ そうかな。僕は自分に自信がなく、ビクビクしてる人に多い気がする。

▶ 満たされていないのだなあ、と。

▼

満たされたら、ネットやらんし。

▼▼

え、そうなの？ 僕は満たされた毎日を送っているけど、ネットは生活に欠かせないなあ。

乙武さんは紳士的な所を逆手に取られて、いらぬ攻撃を受ける時がありますね。無視しようと思えばできるのに無視しないのはなぜですか？　▶▶▶

► 相手を信じ、尊重し
ているから、かな。

本当にそう思うんですか？　自分が
生きてる世界はそんなに綺麗な世
界じゃない…

► 僕が生きている世界だって、そんなに綺麗なわけじゃない。大事なのは、どういう世界にしていきたいのか。

うちの子達はまだ障害者という存在を知りません。どう教えるのが良い？ もしくはあえて教える必要はない？ ▶▶▶

乙武さんが頻繁に出てくれているから、小学校のうちの子も、もう見慣れちゃった。 ▶▶▶

乙武の自虐ネタが、不謹慎とかでなく普通に面白いと思うようになった。 ▶▶▶

⑥ 障害、差別、自虐？

▶ あえて教える必要はないのかな、と。それよりも、街中などで自然な出会いがあるといいですね！

▶ メディアに出るのは、正直しんどいことのほうが多い。でも、こういうツイートを読むと、自分の活動の意味を再確認できる。感謝。

▶ **それが僕の目指す社会！**

あなたは強いからいいと思うので
すが、そうでない人のことも包括で
きるような考え方があってこそだと
思います。

▶ 御指摘のような強くない人が、将来的に肩肘張らずに生きられるような社会にしていきたい。僕なりに、そう考えた結果の言動なんです。

やはり、先駆者という存在が必要なんだと思う。障害を笑いのネタにすることがタブーとされている社会であえてそれをすれば、風当たりも強くなる。でも、僕は今後も発信し続けていこうと思う。身体障害をたんなる特徴のひとつとして捉えてもらえるような社会にしたいから。

"自虐"と感じるのは、障害を"負"と捉えているから。だから、「これ、笑っていいのかな」とためらいが生じてしまう。障害をネタにしたギャグに「あはは」と笑えるようになる社会。それこそが究極のバリアフリーだと思っている。だから、これからもつぶやかせてください。くだらない140文字を。

⑦ おわりに

幸せって、何だと思い ▶▶▶
ますか？

「幸せとは何だ」と聞かれる
と考え込んでしまうけど、
「あなたは幸せか」と聞か
れたら、すぐに「うん！」と
答えるよ。

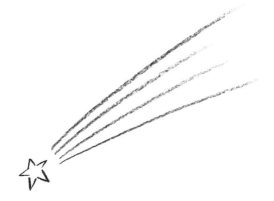

乙武さんに手足が生えますように。 ▶▶▶

► そ、その願いが叶って
は、オレが困る…
(((;゜Д゜)))

何で困るんですか？ ▶▶▶

▶ 誰にも歩むことのできない、稀有な人生を満喫中だからだよ
(*ˆ-ﾟ) b

広島出張から帰宅なう。僕の部屋に、なぜかバケツが。なかをのぞきこむと、小さな赤い金魚が4匹。3歳の長男がバケツをのぞきこみながら、「今日ね、僕がお祭りでとってきたの。こうやって僕が笑うとね、金魚さんも笑ってくれるの」。そっか、じゃあ、明日は水槽を買いに行こうな。

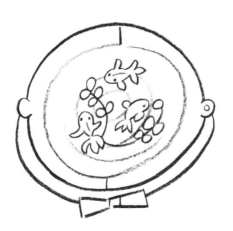

巻末エッセイ

おとたけ先生へ

春名風花

　乙武先生と出会ってから、もう4年たちますね。

　最初、先生とツイッターで話していた時、ぼくは先生のことをまったく知りませんでした。

　ただツイートが流れてきて、すてきな考え方をしている人だなーと思ったから RT していたら、先生がお返事をくれて。それから、いろんな話をするようになって。

　でもね先生。その時、ぼくと先生の会話を見た人たちが、口々に言いました。「はるかぜちゃん知らないの？　その人は、手足がない人なんだよ」って。

　先生はツイートを返す速度が早かったので、「なぬ、先生は器用だな」と思ってびっくりしました。

　でも、ぼくはそのときちょっとだけ、ひっかかった。「その情報って、必要？」って。

☆

　だって、ぼくと乙武先生は、ツイッター上の友達です。だから先生に手足があってもなくても、先生が文字を入力さえできて、会話ができているのなら、ネットを介して会話することには、なんの問題もないわけです。

何もぼくと先生がいまから一緒に、2人で神社の長い階段を登らなきゃいけないわけでもないし、いまから一緒に、2人で「お箸で豆をうつす競争」に出るわけでもないから、先生に手足がなくたって、今のところは、何にも困ることはないのです。

　なのに、なんで、みんなぼくが乙武先生とお話しているだけで

「その人は手足がない人だよ。」「かわいそうだけど、頑張って生きている偉い人なんだよ。」

　とか、わざわざ説明してくれるのか……。

　それが、なんだかわからないけど、少しだけ、いやだなーって思ったんですね。

☆

　確かに「手足がないこと」は、いちばんわかりやすい、先生の見た目の特徴かもしれません。

　もしぼくと先生がオフ会で待ち合わせとかをするなら、前もって説明してもらえた方が、待ち合わせを階段の少ないところにしたり、できることはあるのかも知れないな、とは思

います。

　でも、それでもやっぱり、人のことを紹介するときに、「あなたがいま話している人は太っているよ。」とか、「あなたがいま話している人は、出っ歯だよ。」とか、身体のことを、ふつういきなりは言わないですよね。「はるかぜちゃんが今話している乙武さんは『五体不満足』っていう本を書いている人だから、読んでみたら？　いい本だよ。」っていうふうに、内面のことを説明する過程で、身体的な特徴に触れるのならまだわかるけれど、なぜ、人格や性格を説明する前に、「その人は手足がないんだよ」が先にきてしまうのか。

　もしかしたら先生は「こんな性格でこんな考え方で、音楽とスポーツが好きで、ちょいエロおやじで、学校の先生もしてて、たまにテレビにも出てて、奥さんと子どもがいてパパなんだよ」と、紹介される前に、

　当たり前のように、なんの悪気もなく

「この人は障害者なんだよ。」

　と、まるで、それで先生のすべてを説明したかのように、ずっとそうやって、紹介されてきたのかも知れない。

そう感じて、少し悲しくなりました。

☆

　先生あのね。いま、ぼくはEテレで、「ストレッチマンV」という番組に出ています。特別支援の子どもたちに会うために、仲間と全国を回っています。とっても楽しいよ。メンバーはレッド（ちゅうえいさん）オレンジ（イソップさん）グリーン（谷口洋行さん）パープル（森圭一郎さん）。ぼくはピンク。みんな明るくて優しくて、楽しくて熱い仲間たちです。

　その中で、ストレッチマンパープルも、先生のように車いすにのっています。なので、だれかにパープルのことを話すと、決まって「ああ、車いすの人！」と言われます。

　ストレッチマンオレンジはダンスがうまくて、ストレッチマンパープルは歌がうまいんだけど、オレンジの時は「ダンスの人」なのに、パープルは「車いすの人」といわれてしまう。

　なんで「歌の人」って呼ばれる前に、「車いすの人」なんだろう……。って、あのころと同じように、ぼくは少しもやもやしています。

他人に「こういう人だよ」って説明するときの一番はじめがそれ、人間関係のとっかかりがそれって、どうなの？　って、思うんです。

　もし、ぼくが車いすにのっていて、そんな紹介のされ方をしたら、すごくいやな気分になると思う。せめて「はるかぜちゃんはこんな性格で、こんな趣味の子だよ。」「それから、車いすにのっているよ。」って順番にして欲しいって、言いたくなるとおもう。

　なんだか、いきなり大きなハードルを置かれているような気がするんです。そこを乗り越えないと、中身を見てもらえないような気がして。

☆

　この『オトことば。』という本は、先生が、ツイッターでいろ〜んな人と、直接対話をしてきた記録。いつもながら先生の話はわかりやすくて、読む人の気持ちにスッと入ってくるので、間にある先生のコラム（?）も、読みやすくてとても楽しかったです。

　ただやっぱり、ツイッターで飛んでくる質問の大半が、身

体的なネタです。いろんな人が先生のからだについて気になることを聞き、先生がふつうに、ひょうひょうと「いや、ふつうですよ。」と、面白く答えているやりとりがほとんどですが、それでも、「なんでこんなこと言うのかなあ」って、もやもやは残るものもあるかな。

☆

　みんな、24時間テレビとか、学級文庫にあるような難病もの、障害ものに慣れてしまって、少しおかしくなっているのかも知れません。
　からだが不自由な人たちに対して、心のどこかで「かわいそうな状況の中、健気に生きる感動のドラマ」を見せてくれることを、無意識に求めてしまったり、必要以上に美化したり。
「じぶんたちとは違う種類の人」として、まるで宇宙人みたいに、いろいろ不躾な質問を投げかける人に対して、先生が「あの、いや、おれそのへんのおっさんだし」って感じの自然体で、ふつうに答えたり、人として教師として、わりと当たり前のことを話すと、それに対して、またみんなが「ふつう

に頑張っていてすごい！」とか、「乙武さんはそうでも、そんな風に思えない人もいるんですっ！」とか、やたら敏感に反応したり、「障害者の代表としてどうのこうの！」とか、さらに変なリアクションをするという光景は、すごくシュールでした。

　思えば今まで、障害をもつ人は、「特別な人」「ふつうとは違う人」「感動の対象」「悲劇の主人公」としてしか、物事を発信できなかったのかも知れません。そういう物語やメッセージ性を、まわりが彼らに求め、押し付けて消費してきたからです。

　乙武先生の『オトことば。』、これは聖人の書いた本ではなく、障害者代表として何かを訴えてる本でも、つらい境遇でも頑張って生きています！とアピールする本でもなんでもなく、「手足がない以外はごくふつうのおじさんが、ふつうの質問に、人としてふつうに答えているだけの、ものすごくシンプルな本」。

　だから、おもしろい。この、絶妙な温度差！（笑）

☆

先生はふつうのおじさんですよ。ぼくが4年間、先生と話してきてわかったことは、先生は、「ふつうのおじさん」で、「おもしろい先生」で、「超いいパパ」だってことだけです。

　ただ先生は、いくらふざけていても、性格的に根がまじめなところがあるし、ふつうの先生や、ふつうのお父さんよりは、ちょっと良くできすぎたところがあるから、それらは世間的な「理想の障害者のイメージ」にも、すこし合ってしまう。

　わりとそういう「理想の障害者像」(?) みたいな、世間が望むストーリーの主人公キャラにも合ってしまっていて、誤解されやすいんですよね。

　それが幸か不幸か、先生に対して過度な期待を寄せてくる人もいたりするから、ちょっと大変。

　先生が「ふつうのおじさん」的な発言をすると、いっせいに、あちこちから非難が飛んできます。ちょっと自虐ネタを言ってボケてみただけで目くじらたてて、「不謹慎ですッ!!!」とか、「障害を笑えない人もいるんですッ!!!」とか、「立派な人だと思っていたのに!!!」とか「あなたのせいで傷

つきました!!!」とか……。

　先生だって、くだらないギャグも言うし、ふつうにシモねただって言うし、自虐ネタだってやりたいし、まちがえるときだって、感情的になるときだってあるよ！　うるさいよ!!! みんな、先生を、なんだと思ってるの。なんで先生だけが、ふつうのおじさんでいちゃいけないの。先生の、ふつうのおじさんとしての権利はどこにあるんだよ。ぼくは、とてもむかついています。

　障害者だからって、特別にがんばらなくても、特別に傷つかなくても、必要以上に憐れまれたり、必要以上に励まされたりしなくても、いいじゃない。気楽に、ふつうに、楽しく生きてても、いいじゃない。

　気楽にいこうよ!!!

☆

　まあ、そんなこんなで、先生に対するリプをみては、ぼくは勝手に怒ったり、もやもやしているわけですが、先生本人はどこ吹く風で、なんか、いつも自然体で、たのしそうです（笑）。おまけに、まだまだ余裕があるのか、ぼくの悩み

や相談も、よく聞いてくれます。

　そういうところは、確かに、ふつうのおじさんにしておくにはもったいない、ヒーローっぽいところでもあります。

　有名税と呼ぶには重過ぎる、期待や理想を押し付けられながら、それでもひょうひょうと、毎日をすずしい顔で生きている先生が、ぼくは大好きです。

　これからも先生らしく、勝手に背負わされる重しをひょいひょいとかわしながら、足はないけど誰よりも軽い足取り（?）で世界中を風のように駆け巡り、たまにすべる（笑）おやじギャグを乱発して、たくさんの子どもたちとたくさんたくさん笑って、いつまでも、そのままでいてね。

　またあそびにいこうね！

　大好きだよ、先生。

（タレント。"はるかぜちゃん"として活躍。Twitter → @harukazechan）